4 Mars 1911

marque PN

VENTE
Du Samedi 4 Mars 1911
HOTEL DROUOT, SALLE N° 11
A DEUX HEURES

FAIENCES ET PORCELAINES
ANCIENNES

OBJETS D'ART

TAPISSERIES

COMMISSAIRE-PRISEUR
Me HENRI BAUDOIN
Successeur de M. Paul CHEVALLIER

EXPERT
M. ÉDOUARD PAPE

CATALOGUE

DE

FAIENCES ET PORCELAINES

ANCIENNES

OBJETS D'ART

REMARQUABLE FLAMBEAU EN ARGENT

DE MEISSONNIER

Lustre en Cristal de roche du XVIIe siècle

MEUBLE DE SALON

COUVERT EN ANCIENNE TAPISSERIE D'AUBUSSON

TAPISSERIES ANCIENNES

DONT LA VENTE AURA LIEU A PARIS

HOTEL DROUOT, SALLE N° 11

Le Samedi 4 Mars 1911

à deux heures

COMMISSAIRE-PRISEUR
Me HENRI BAUDOIN
Successeur de M. PAUL CHEVALLIER
10, rue Grange-Batelière

EXPERT
M. ÉDOUARD PAPE
174, rue du Faubourg-Saint-Honoré
PARIS

EXPOSITION PUBLIQUE

Le Vendredi 3 Mars 1911, de 1 h. 1/2 à 6 heures

CONDITIONS DE LA VENTE

Elle sera faite au comptant.

Les adjudicataires paieront *dix pour cent* en sus des enchères.

L'exposition mettant le public à même de se rendre compte de la nature et de l'état des objets, il ne sera admis aucune réclamation une fois l'adjudication prononcée.

Paris — Imprimerie de l'Art, CH. BERGER, 41, rue de la Victoire.

7

39

7

Va

DÉSIGNATION

FAIENCES ANCIENNES

1 — **Delft**. Deux pots de pharmacie, décor camaïeu bleu.

2 — **Delft**. Potiche, décor camaïeu bleu.

3 — **Delft**. Grand bol, décor camaïeu bleu, offrant une réserve avec paysage maritime.

4 — **Delft** (?). Deux jardinières carrées avec mascarons, décor camaïeu bleu.

5 — **Delft**. Plat, décor camaïeu bleu, représentant une femme portant des fleurs.

6 — **Delft**. Assiette, décorée en camaïeu bleu d'un musicien dansant.

7 — **Delft**. Deux bouteilles à long col, décor camaïeu bleu de Chinois, pagodes et arbres fleuris.

Haut., 40 cent.

8 — **Delft**. Plat, décor polychrome : perdrix et arbustes fleuris.

9 — **Delft.** Plat polychrome, décor dit « au tonnerre ».

10 — **Delft.** Plat analogue, mais d'un diamètre légèrement inférieur.

11 — **Delft.** Assiette, décor polychrome : fleurs et ornements jaunes.

12 — **Delft.** Assiette, décor bleu et rouge, représentant une scène chinoise.

13 — **Delft.** Huilier, décor polychrome : perroquets et haies fleuries.

14 — **Clermont-Ferrand.** Plat, décor bleu. Au revers, l'inscription : *M. Clermont-Ferrand, 2. p. d'Auvergne.*

15 — **Nevers.** Petite assiette fond bleu persan, à rehauts blancs, jaunes et rouges.

16 — **Lille.** Assiette, décor camaïeu bleu : lambrequins et animaux chinois dans les réserves.

17 — **Moustiers.** Plat, décor polychrome dit « à la pomme de terre », offrant au marli une armoirie timbrée d'une couronne de comte.

18 — **Moustiers.** Plat analogue.

19 — **Moustiers.** Petit plateau à bords lobés, décor Bérain camaïeu bleu.

24

29

24

20 — **Marseille.** Assiette à décor de broderie en vert. *Fabrique de la veuve Perrin.*

21 — **Marseille.** Assiette, décor polychrome : scène rustique.

22 — **Marseille.** Tasse, à décor polychrome de paysages et personnages. Bordure dorée.

23 — **Midi** (?). Pichet, décor polychrome : sujet de chasse.

24 — **Saint-Clément.** Deux petites jardinières carrées, très finement décorées de bouquets de fleurs et de draperies.

25 — **Les Islettes.** Grand plat à poisson, décor polychrome : fleurs au marli. Au centre, sujet chinois.

26 — **Les Islettes.** Moutardier, décor polychrome : personnage chinois.

27 — **Strasbourg.** Petite aiguière attenant à son plateau. Fleurs polychromes.

28 — **Niederviller.** Petite assiette, représentant un paysage animé. Fleurettes au marli. Bordure dorée.

29 — **Sceaux.** Soupière à panse côtelée, présentant quatre pieds et deux anses rocaille. Un artichaut forme l'amortissement du couvercle. Elle est décorée de riches bouquets polychromes. Rehauts d'or.

30 — **Est.** Théière, à décor de fleurs polychromes, le bec est formé d'une tête d'oiseau.

31 — **Sinceny.** Assiette, décor polychrome à la double corne : fleurs, oiseaux et papillon.

32 — **Sinceny.** Epicier, décor polychrome : Chinois, fleurs et oiseau.

33 — **Sinceny.** Grand plateau, décor polychrome : près d'un village, au bord d'un étang, des personnages chinois se prosternent.

34 — **Rouen.** Plat ovale, décor polychrome dit « au carquois ».

35 — **Rouen.** Dessous de sucrière forme balustre, décor bleu et jaune.

36 — **Luxembourg.** Aiguière en forme de casque et son bassin. Décor de fleurettes bleues. *Fabrique de Boch.*

37 — **Savone.** Assiette, à armoirie double.

38 — **Caffagiolo.** Plat, décor polychrome. XVIe siècle.

39 — **Faenza.** Vase, de forme cylindrique, offrant deux effigies d'homme et de femme, entourées chacune d'une banderole avec inscriptions. XVe siècle.

PORCELAINES

ANCIENNES

40 — **Chine**. Petite coupe en forme de feuille. Époque Kien-lung.

41 — **Chine**. Écuelle à bouillon et son plateau, décor de fleurs et oiseaux. Époque Kang-shi.

42 — **Chine**. Assiette décor européen. Au marli, fond clathré et réserves de fleurs. Époque Kien-lung.

43 — **Chine**. Assiette analogue.

44 — **Chine**. Bouteille à panse renflée, décor bleu sur blanc d'ustensiles chinois. Époque Kang-shi.

45 — **Chine**. Bol couvert, décor bleu sur blanc : chevaux et arbustes.

46 — **Chine**. Deux sucriers et leurs couvercles, décor bleu sur blanc. Époque Kien-lung.

47 — **Chine**. Potiche forme boule, décor bleu sur blanc : fong-hoangs et fleurs. Époque Kang-shi.

48 — **Chine**. Rouleau vert céladon : fleurs en relief.

49 — **Chine.** Aspersoir, décor bleu sur blanc : fleurettes. Époque Kang-shi.

50 — **Chine** Autre aspersoir, décor analogue. Époque Kang-shi.

51 — **Chine.** Aspersoir, décor bleu sur blanc : lambrequins et fleurettes. Époque Kang-shi.

52 — **Chine.** Aspersoir, mi-partie fond vert céladon. A la partie supérieure, fleurettes bleues sur fond blanc. Époque Kang-shi.

53 — **Chine.** Narghilé, décor bleu sur blanc de lambrequins. Monture argent. Époque Kang-shi.

54 — **Chine.** Petite bouteille, décor de lambrequins bleu sur blanc. Époque Kang-shi.

55 — **Chine.** Aiguière, décor bleu sur blanc de fleurs et lambrequins. Époque Kang-shi.

56 — **Chine.** Bol, à bordure réticulée, orné à l'intérieur et à l'extérieur de fleurs, de personnages et d'ustensiles chinois. Décor bleu sur blanc. Époque Kang-shi.

57 — **Chine.** Deux petites potiches, décor polychrome de fleurs, d'oiseaux et de lambrequins. Époque Kien-lung.

58 — **Chine.** Petit cache-pot à oreilles, à décor de fleurs et de papillons. Époque Kang-shi.

59 — **Chine.** Deux potiches, à décor d'oiseaux et de fleurs sur fond vert clair Époque Kien-lung.

60 — **Chine.** Pot à gingembre, présentant deux fong-hoang se détachant sur un fond capucin.

61 — **Chine.** Deux très petites potiches, décor polychrome : fleurs et oiseaux. Époque Kien-lung.

62 — **Chine.** Deux sucriers couverts, à décor de fleurs polychromes. Époque Kien-lung.

63 — **Chine.** Deux potiches de forme turbinée et côtelées, à décor polychrome de fleurs et arbustes. Elles peuvent se faire pendant. Époque Kien-lung.

64 — **Chine.** Deux cornets, décor polychrome : fleurs et ornements. Époque Kien-lung.

65 — **Chine.** Un cornet analogue, mais plus grand.

66 — **Chine.** Grande potiche, décor d'oiseaux et de chrysanthèmes. Époque Kang-shi.

67 — **Chine.** Deux jolies potiches forme balustre, finement décorées de fleurs, d'ustensiles chinois et de lambrequins. Époque Kien-lung.

68 — **Indes.** Soupière et son plateau. Larges réserves décorées de paysages et de scènes chinoises.

69 — **Wedgwood** (?). Cafetière et théière fond brun. Monture argent, d'époque Louis XVI.

70 — **Paris**. Trente-trois assiettes, décor polychrome de bouquets de fleurs. Ancienne porcelaine à la Reine.

71 — **Paris**. Deux coupes, même décor et même fabrique.

72 — **Paris**. Coupe, à décor de barbeaux. *Fabrique du comte de Provence.*

73 — **Paris**. Cabaret, composé de : cafetière, théière, sucrier, huit tasses et leurs soucoupes. Décor de bouquets de fleurs polychromes. XVIIIe siècle.

74 — **Paris**. Sucrier, à décor de barbeaux.

75 — **Paris**. Deux tasses de poupées, fond orange. Dans les réserves, des grisailles.

76 — **Paris**. Deux grands vases, forme Médicis, à fond rose. Sur l'une des faces, des fleurs et des fruits et, sur l'autre, un parc sont finement peints.

Haut., 36 cent.

77 — **Paris**. Groupe galant, composé d'un berger et d'une bergère caressant un mouton. Biscuit. XVIIIe siècle.

78 — **Sèvres**. Pot à crème, décor de fleurs polychromes. Pâte tendre.

79 — **Chantilly**. Tasse et sa soucoupe, en forme de feuille, à décor de fleurs et fruits polychromes.

80 — **Marseille**. Tasse mignonnette, à décor polychrome de fleurs. *Fabrique de Robert*.

81 — **Saint-Cloud**. Moutardier, décor camaïeu bleu de quadrillés et de fleurs.

82 — **Saint-Cloud**. Petit pot à pommade, décor camaïeu bleu : lambrequins.

83 — **Saint-Cloud**. Quatorze couteaux et fourchettes, dans un écrin.

84 — **Saxe**. Manche de canne recourbé. Décor coréen polychrome. L'extrémité du manche représente une tête de chèvre.

85 — **Saxe**. Petite cafetière, décor de fleurs polychromes. La naissance du bec est ornée d'une tête d'homme. Monture argent.

86 — **Saxe**. Statuette de femme portant une mantille et tenant un éventail.

87 — **Saxe**. Bergère et mouton.

OBJETS VARIÉS

88 — Boite de vote (?) affectant la forme d'un triangle. Les trois faces sont marquetées et décorées d'attributs maçonniques. Entrée et poignée de bronze ciselé et doré. Époque Louis XVI.

89 — Coffret rectangulaire, travail de *Bagard*. Au centre, une armoirie.

90 — Boite en laque rouge. XVIIIe siècle.

91 — Petit coffret laque noire. Au centre du couvercle, couronne et chiffre.

92 — Boite en paille tressée de différentes couleurs. XVIIe siècle.

93 — Boite ronde en paille. Le couvercle représente une mise au tombeau. XVIIIe siècle.

94 — Boite ronde vernis Martin. Sur le couvercle est reproduit le sujet de la gravure : *l'Accouchement clandestin*, émaillé sur or. XVIIIe siècle.

95 — Petite plaquette en buis, représentant une mise au tombeau, en haut relief. XVIIe siècle.

96 — Cire polychrome, représentant une femme assise, drapée à l'antique. XVIIe siècle.

97 — Statuette de muse. Bronze à patine brune. XVIIe siècle.

108

15.100

98 — Statuette de Mercure en bronze ciselé et doré. XVIe siècle.

99 — Vierge en ancienne dinanderie.

100 — Nécessaire, composé d'une boîte en marqueterie, renfermant quatre flacons de cristal avec bouchons d'argent, un petit entonnoir et une tasse avec soucoupe en ancienne porcelaine de Paris.

101 — Petit cadre en bronze ciselé et doré. XVIIe siècle.

102 — Petite lanterne en filigrane d'argent, renfermant un calvaire de buis. Italie, XVIIIe siècle.

103 — Petite boîte ronde en ivoire. XVIIIe siècle.

104 — Agrafe d'argent, supportant une bobine de dentellière. Au revers, l'inscription : *I. F. M., 1796.*

105 — Portrait de femme, vue de profil. Marbre blanc. XVIIIe siècle.

106 — Paire de flambeaux à deux lumières, formés d'une base ciselée et dorée, supportant chacune un lion de Fô en vieux Chine, et ornés de fleurs en ancienne porcelaine de Saxe et de Chine. XVIIIe siècle.

107 — Petit plateau à galerie ajourée de plaqué. Au revers, l'inscription : *Law, Sheffield*. XVIIIe siècle.

108 — Très remarquable flambeau, à trois branches, en argent, de *Meissonnier*.

La base est largement ornementée de coquilles et d'une guirlande de fleurs.

Le fût, à trois faces, présente sur l'une d'elles un papillon nocturne, sur une autre une rose et sur la troisième un écusson timbré d'une couronne ducale. L'écusson porte la devise de l'ordre de la Jarretière : « *Honni soit qui mal y pense* » autour d'un lion rampant.

Le couronnement est formé d'un bouquet à trois branches où s'entrelacent des feuilles et des baies de laurier que terminent trois binets fondus d'un seul morceau et tous de modèles différents.

Haut., 39 cent.; poids, 3 kilogr. 625 gr.

109 — Grand lustre en fer forgé et doré, orné de cristaux de roche formant guirlandes et pendentifs. Fin de l'époque Louis XIV.

109

800

110

16 100

Hélio. Fortier et Marotte, Paris

11

SIÈGES

COUVERTS EN TAPISSERIE

110 — Meuble de salon en bois sculpté et doré, couvert en fine tapisserie d'Aubusson à fond clair, présentant sur les dossiers des oiseaux et sur les sièges des scènes d'animaux. Il se compose d'un canapé, de quatre fauteuils et quatre chaises. Le dossier des chaises est en forme de lyre. Fin de l'époque Louis XVI.

111 — Deux belles chaises en bois de citronnier et amarante, à dossier ajouré. Le siège, de forme violon, est recouvert de tapisserie au point. L'une des deux chaises porte l'estampille : *G. Prandt*. Fin de l'époque Louis XVI.

TAPISSERIES

112 — Tapisserie représentant une colonnade qui laisse apercevoir, au premier plan, un vase de fleurs; au second plan, un paysage animé de personnages chassant. Large bordure ornée d'amours et de nombreux animaux. XVIe siècle.

Haut., 3 m. 03 cent.; larg., 2 m. 54 cent.

113 — Grande tapisserie d'Aubusson, représentant Cérès, ayant à sa droite un amour et à ses pieds deux enfants. Bordure simulant un cadre.

Haut., 3 m. 68 cent.; larg., 2 m. 80 cent.

114 — Bande de tapisserie au petit point, composée de petites scènes de personnages sur fond de verdure et vues de châteaux.

Haut., 43 cent.; long., 3 m. 10 cent.

115 — Bande et sept morceaux en ancienne tapisserie au point à fond jaune, ornés de gros pavots polychromes. XVIIe siècle.

112

6000

www.ingramcontent.com/pod-product-compliance
Ingram Content Group UK Ltd.
Pitfield, Milton Keynes, MK11 3LW, UK
UKHW021118290826
14628UKWH00014B/2665

9 782329 476247